LES TRIOMPHES

ET

LA PAIX.

ODES

PAR M. CHAUSSARD,

De plusieurs Sociétés Savantes, Nationales et Étrangères, ex-Directeur Général des Bureaux de l'Instruction Publique, Professeur de Belles-Lettres au Lycée d'Orléans.

. . . . Mihi . . . . .
Spiritum Graiæ tenuem Camœnæ
Parça non mendax, dedit, et malignum
Spernere vulgus.
HORACE.

PREMIER LIVRE.

A ORLÉANS,

Chez DARNAULT-MAURANT, Imprimeur-Libraire, place Saint-Samson, N°. 11, près les Quatre-Coins.

AOUT 1807.

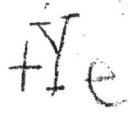

PRÉFACE.

Les véritables Juges des Poëtes Lyriques sont peut-être encore plus rares que les Poëtes Lyriques eux-mêmes.

Cela s'explique par la difficulté d'un genre, qui le plus ancien et le premier de tous, ne reconnaît aucune règle.

Chez les Romains Horace n'eut point de rivaux et Virgile en eut plusieurs. En France, Boileau qui cultiva les Muses sévères, Voltaire qui les caressa toutes, échouèrent auprès de Polhymnie.

Le succès alors serait glorieux : la défaite ne serait point honteuse. On dirait du Poëte,

Magnis tamen excidit ausis. Ovid.

Je réclame une généreuse bienveillance et je place sous une double Egide ces essais Lyriques.

Elève, ami du Pindare de la France, je tente, sous ses regards et avec son suffrage, une carrière qu'il m'a ouverte.

La direction de mes faibles Talens suffirait à leur recommandation : je les consacre à ma Patrie, à l'Héroïsme, à la Vertu.

ODE,

LE GÉNIE LYRIQUE,

ADRESSÉE A PINDARE LE BRUN.

(*Août* 1807).

Quod spiro et placeo, si placeo, tuum est.

HORACE.

DES Rocs, que franchit son onde
D'un essor audacieux,
Le Nil, et s'élance et gronde,
Et semble tomber des cieux :
Son Urne, au loin bondissante,
Roule immense, mugissante ;
Le choc fait frémir les airs ;
De la Cataracte altière
La voix, pareille au tonnerre,
Epouvante les déserts.

Mais sur la liquide cime
Un Esquif est suspendu !
Il glisse, au fond de l'abyme,
Sous la vague il s'est perdu . . . . !
Dans cet orageux dédale
Il guide une rame égale,
Trompe les flots et la mort ;
Echappée au gouffre avide,
Déjà sa voile intrépide
Triomphe et saisit le port.

Dans l'Abyme de l'Espace,
A grand bruit précipité
Pindare ! une sage Audace
Enfle ton vol indompté.
Planant au loin sur l'Orage,
Tu sors brillant du nuage ;
La foudre est ton attribut :
Les périls sont tes conquêtes ;
Sur l'aîle en feu des tempêtes
Tu cours dévorer le but.

Qu'un Vaisseau pusillanime
Cotoye humblement le bord ;
Qu'il craigne un danger sublime
Et n'ose tenter le sort ;
Sa poupe, objet de risée,
Et de Tethys méprisée
Ignore un nom glorieux !
La Nef, qui brave Neptune,
Seule, enchaîne la fortune
A ses Mats victorieux.

O D E.

LE BUT DES CONQUÊTES.

(*Janvier* 1807).

Pax plenum Virtutis opus, Pax summa laborum ;
Pax belli exacti pretium est, pretiumque pericli.

MANTUAN.

DE ses doigts inspirés une Muse hautaine
Interrogeait l'accord de la Lyre Thébaine (1),
Et déjà préludait à d'immortels concerts :
Déjà le cri de Mars, le cliquetis des armes ,
   Et le bruit des alarmes
   Eclataient dans ses vers,

Homère ! tes accens étaient moins formidables ;
Soit que d'un char ailé les coursiers indomptables
Franchissent l'Univers d'un bond audacieux (2),
Soit qu'un choc effroyable, ouvrant les rives sombres ,
   Fasse trembler les Ombres ,
   Et la Terre et les Cieux (3).

Elle chantait, alors qu'une jeune Immortelle
Apportait au Héros une Palme nouvelle :
C'est la Gloire ; elle accourt du palais des Destins ;
Elle écoute la Muse , et réglant son délire ,
   « Reçois superbe Lyre
   Ces Oracles certains »,

« Ce Héros, des mortels brisera l'esclavage (4).
Sa course est un bienfait, et non pas un ravage !
Sage illustre (5), à Thémis il devra son renom :
De ces vains Conquérans qui dévoraient la terre ,
   Son rapide tonnerre
   A dévoré le nom » ;

1 *

« Mais ce n'est pas assez : la Paix arme son glaive,
La Paix est sa conquête, est l'œuvre qu'il achève !
Oui : sa grande ame veille au salut des mortels !
De vingt Siècles trompés rejettant l'héritage,
  Le bonheur de cet âge
  Consacre ses autels » !

« Je vois, je vois encor les fureurs ennemies,
S'éveiller, irriter les foudres endormies,
Et par leur sombre orgueil justifier ses coups ;
Mais ainsi qu'éclatant, dans une nuit obscure,
  Une lumière pure
  Rompt un voile jaloux »,

« Il brille ; Astre serein, il console Cybèle,
Et du RÉPARATEUR (6) la vertu se revèle ;
Il veut par des bienfaits enchaîner l'Univers !
Il veut que de Bellone et se rouille et s'oublie
  La hâche, ensevelie
  Près des sombres enfers » !

« Vous avez méconnu cette main généreuse
O vous, dont la fureur aveugle et désastreuse
En semant les combats moissonna les malheurs !
J'en jure vos revers ! sur vos superbes têtes,
  Eclatent les tempêtes,
  Filles de vos erreurs !

« Votre chûte s'approche et rend la Paix au Monde,
Oui : la Paix, Déïté sécourable et féconde,
Viendra joncher de fleurs vos immenses tombeaux !
Cérès habitera ces lieux de funérailles ;
  Sur le champ des Batailles
  Bondiront les troupeaux » !

« Ainsi lorsque le Dieu (7), qui dévore l'année,
D'un précis équilibre, à la terre inclinée,
Viendra, d'un pas tardif, restituer les loix,
Et qu'alors chaque pôle, en sa marche robuste,
  Sur un axe plus juste
  Roulera par son poids (8) » ;

« Sans doute que Tethys de ses flots en tumulte
Aux Monts dominateurs apportera l'insulte,
A ces Monts, des humains l'asyle paternel,
Mais, ils éleveront, sur l'onde conjurée,
     Une tête parée
     D'un printems éternel ».

N O T E S.

(1) *Qualis Pindarico spiritus ore tonat.*   PROPERCE, liv. 3.

(2) Iliad. liv. 5 v. 770 et 773.

(3) Ibid. liv. 20 v. 50 et 65.

(4) Rétablissement de la Pologne.

(5) Virgile place dans le vestibule de l'Elysée les simples Guerriers, et au centre des Bocages sacrés, les Héros, c'est-à-dire les Fondateurs et les Législateurs des Empires, ceux qui ont tenu à-la-fois l'Epée et la Balance, Œneïde, liv. 6 v. 477 et 483. Ibid. 640, et suiv. Fénélon l'a imité dans son Télémaque.

(6) Vid. le Discours prononcé à l'ouverture du Lycée d'Orléans.

(7) Saturne, Dieu du tems.

(8) Grande période astronomique. En relevant l'axe de la terre, elle déplacera les Mers, et cependant elle contribuera à rendre plusieurs parties du globe plus fertiles, plus heureuses. Telle est la révolution que les Poëtes ont célébrée sous le nom de l'Age d'or.

ODE.

L'OMBRE DE NELSON (1) AU PEUPLE ANGLAIS.

(*Décembre* 1805).

Dixitque tandem, perfidus Annibal :
Cervi, luporum præda rapacium,
Sectamur ultro, quos opimus
Fallere et effugere est triumphus,

HORACE.

Du Guerrier d'Albion le sombre Mausolée
S'ébranle ; une Ombre en sort plaintive, désolée,
Interprète fatal d'infaillibles malheurs :
Tout s'émeut, tout ressent ses douleurs prophétiques,
    Et des Tombes antiques,
Le marbre est étonné de répandre des pleurs.

« Peuples interrompez la pompe solemnelle !
Apprenez les secrets de la nuit éternelle !
O superbe Albion pleure et frémis d'effroi !
N'entends tu pas déjà du Foudre redoutable
    L'éclat inévitable ;
Neptune reconnaît Jupiter pour son Roi ».

« A l'Aigle des Français confiant son tonnerre,
Sous les traits d'un Héros il domine la Terre ;
Au seul bruit de son nom s'écroulent les remparts ;
Le Destin le conduit, Minerve le devance ;
    Et son regard immense
Maîtrise les dangers, et la Victoire et Mars ».

« L'Océan qui bondit sur tes sombres rivages,
Qui les dévore, et lance autour d'eux les orages,

Dans sa course indomptable, est moins impérieux :
Et l'Astre échevelé (2), dont la sinistre audace
    Embrâse au loin l'espace,
Est moins à redouter que l'éclair de ses yeux ».

« Le débris de Carthage éternise sa Gloire,
Je le sais : Ilion doit toute sa mémoire
Aux flâmes du courroux qui dévora ses tours :
Mais la Grèce, mais Rome et sa grandeur suprême,
    Mais la Fable elle-même
Pâlit devant les Faits du Héros de nos jours » !

« Vois ces Guerriers : Eole et Némesis fidèles,
De leurs mille vaisseaux précipitent les aîles ;
Téthys baise leurs pieds d'un flot adulateur :
Elle appèle à grands cris, de leurs palais humides,
    Ses chères Néréïdes :
« O mes filles chantez votre Libérateur » !

« Sur le marbre ondoyant et sa voûte bleuâtre,
On les voit s'élever ; et leur foule idolâtre,
D'un regard amoureux, contemple le Héros !
La Déesse elle-même a cru revoir Achille ;
    Sa fureur est tranquille,
L'Orage est dans ses mains, le calme est sur les flots ».

Des filles de Nérée, amantes de la Gloire,
Les yeux suivaient au loin ces fils de la Victoire (3);
Leur voix interrogea le Prophète des eaux (4) :
Il se trouble . . . . « Albion, que ta chute est profonde !
    Elle est promise au Monde !
La Palme d'Austerlitz protège ces vaisseaux » !

« Il dit , et l'Univers, à ta chute fatale,
Applaudit ; on entend les tombes du Bengale (5)
Implorer les Vengeurs de la Terre et des Mers :
Devant l'Asie en pleurs et l'Europe sanglante,
    Ta voile s'épouvante,
Fuit, et s'exile au sein des liquides déserts ».

« Albion ! c'en est fait : le Léopard expire. . . . !
Moi-même, je n'ai pu défendre ton Empire !
Injuste, il eut pour bâse et les Crimes et l'Or.
Un Dieu propice, un Dieu voulut, quand je succombe,
     Dans la nuit de la tombe
Réfugier ma Gloire et sauver ton Hector ».

« Le Fantôme éperdu de ta grandeur première,
Sydnei, Locke et Newton sur un char de Lumière,
Sont apparus (6) : entends leur gémissante voix !
Sauve ces noms fameux de tant d'ignominie !
     Du plus vaste Génie
Tu peux, avec honneur, reconnaître les Lois ».

La Tamise, à ces mots, de son urne orageuse,
Versa des flots de sang : la Nymphe ténébreuse
Evoque, mais en vain, ses pâles Défenseurs. . . . !
Et cette Ombre, impuissante à venger son injure,
     Avec un long murmure,
S'ensevelit au sein des humides vapeurs.

NOTES.

(1) La Fiction employée dans cette Ode, est tirée d'une opinion qui fut généralement répandue chez les Anciens : ils croyaient que le voile de l'Avenir se déchirait aux yeux des mourans. Ne peut-on pas d'ailleurs supposer que la Gloire vient d'introduire ce Guerrier dans le temple du Destin, dont le livre s'ouvre à ses regards ? C'est une ombre qui parle. Au-delà du tombeau, il n'y a plus de préjugés ni de passions.

Enflammé par un sujet qui intéresse non-seulement la Grande Nation, mais encore toutes les puissances continentales, l'Auteur a osé faire prononcer l'éloge du Héros de la France et de ses Guerriers par leur ennemi même.

L'instant qu'il a choisi est celui où l'on place la tombe de Nelson à Westminster.

(2) La Comète.

(3) Tous les généraux, tous les soldats Français.

(4) Protée.

(5) Une famine factice, œuvre horrible des spéculations de quelque marchands Anglais, y coûta la vie à deux millions d'hommes.

(6) On aurait pu citer tous les membres illustres de l'Opposition.

ODE.

O D E.

.... *Informes hyemes reducit ,*
Jupiter idem
Summovet. .... HORACE.

(*Avril* 1807).

DIALOGUE : HÉRACLITE, JUPITER.

HÉRACLITE.

Source éternelle et pure , Abyme de puissance ,
La goutte d'eau, perdue en l'Océan immense,
Ose-t-elle élever ses plaintes jusqu'à toi ?
Le bonheur, vain éclair, ne brille plus pour moi.
Hélas ! qu'est-ce que l'homme ? un souffle, un songe, une ombre !
Rois, Peuples, tout périt ! . . . . et les faits éclatans
Vont grossir, à leur tour, le naufrage des tems !
La vie est un désert, le jour une nuit sombre ! . . .

JUPITER.

Connois mieux tes destins et marche à leur clarté !
Ce désert , la Vertu l'enrichit et le pare ;
Sur ces flots orageux la Gloire élève un Phare,
La Gloire et la Vertu sont l'Immortalité !

ODE.

HONNEUR ET PATRIE.

(* *Juin* 1806).

Quorum simul alba nautis
Stella refulsit,
Defluit saxis agitatus humor,
Concidunt venti, fugiunt que nubes
Et minax, quod sic voluere, ponto
Unda recumbit.

HORACE.

« MALHEUR à la gloire sanglante,
Aux féroces exploits de ces sombres vainqueurs,
Qui, sèment dans la mort, cueillent dans l'épouvante,
Des lauriers flétris par les pleurs » !

« Telle, moins effroyable encore,
Colonne gigantesque, et marchant sur les Mers,
La Trombe s'élargit et tourmente et dévore
L'abyme des flots et des airs ».

« Il est une Gloire adorable
Réservée au Héros, que chérissent les Dieux !
De leurs plus purs rayons l'éclat inaltérable
Couronne son front radieux » !

« Comme une inépuisable source
Promène au loin ses flots et ses trésors divers ;
Il s'épanche, il prodigue, en sa féconde course,
Tous les bienfaits à l'Univers » !

« Tel, Roi des plaines éthérées,
Flambeau des corps roulans sur l'Océan des Cieux,
L'Œil éternel, relient leurs sphères égarées,
Autour d'un centre impérieux ».

« Terre ! loin de toi ce silence
Que t'imposa l'aspect du vainqueur de Porus (1) !
Parlez nombreux élans de la reconnoissance;
   Proclamez un autre Cyrus (2) » !

  « Siècle antique ! (3) à sa voix, puissante
Du métal le plus pur reviens briller encor !
Pour filer de ses jours la trame éblouissante
   Parques (4) prenez des fuseaux d'or » !

  « Que tes cent voix, ô Renommée !
Portent, jusques aux Cieux, l'Hymne triomphateur !
Presse ton vol, et montre à la Terre allarmée
   Un Héros Pacificateur » !

  « Chante ses Vertus paternelles,
Les Peuples et les Rois instruits par ses leçons ;
Et l'Olive mêlée à ses Palmes fidelles
   Dont au loin, flottent les moissons » !

  C'était ainsi que le Génie
Qui préside à tes lois, ô sainte Humanité !
Réveloit à Cybèle émue et rajeunie
   L'âge de la félicité.

  Tes noirs ennemis l'entendirent ;
Ils frémissent : la rage a soulevé leurs flots,
Ils inondent l'Erèbe ; et ses flancs retentirent
   De leurs effroyables complots.

  Pareils à ses vivans orages
D'insectes (5) épandus dans les champs d'Osiris;
Les Démons, emportés sur d'horribles nuages,
   Jonchent le Globe de débris.

  L'un de la Comète sanglante
Promène dans l'Ether les rayons hérissés ;
Cet autre du Vésuve, en pluie étincelante,
   Fait jaillir les rocs embrasés.

2

L'affreux Geryon (6), dans sa course,
Entraîne, à pas pressés, mille monstres épars,
Les attèle ; il unit l'Aigle du nord et l'Ourse
    A ses féroces Léopards !

O délire ! ô fureur profonde !
Pour perdre ce Héros, il perdront vingt états !
Ils iront attacher aux bouts de chaque Monde
    La chaîne de leurs attentats !

Grâces à leur propre artifice ;
D'un équilibre faux le système est détruit :
L'Europe est ébranlée, et son vieil édifice
    Sur lui-même croule avec bruit.

A ce tumulte inaccessible,
France ! tu méditois un triomphe certain,
Fière de ton Héros ! . . . . sa prudence invincible
    Est ton Génie et le Destin !

Le sombre Geryon éclate,
Du Nord à l'Orient il porte ses complots :
Tranquille alors, Jaubert (7) aux palmiers de l'Euphrate
    Confioit le nom du Héros.

Le Monstre accourt : « Frappez, esclaves !
» Par un assassinat achetons un succès !
» Frappez, je vous seconde, immolons mille braves
    » En immolant un seul Français » !

Il rêve la douce Patrie,
Fier d'apporter sa Gloire et la Paix dans ces lieux ;
Et de la Seine absente, à son ame attendrie
    S'offrent les bords aimés des Cieux !

Et sous la Palme hospitalière,
Assis aux bords de l'onde, il sent couler ses pleurs ;
Il pense à son Héros, il revoit son vieux père,
    Il embrasse ses jeunes sœurs !

« Tu ne les verras plus ! . . . . expire » !
Sur le sein du Français soudain brille la mort :
Le voile d'un Turban, (8) que le monstre déchire,
    L'instruit de son horrible sort.

Mais calme sous le cimeterre,
Et pressant de son cœur ton signe radieux,
« Honneur ! s'écrioit-il, ô Patrie ! ô ma Mère !
    Recevez mes derniers adieux » !

Et déjà sa noble pensée
Habitoit ou l'Olympe, ou les asyles verts
Que la Gloire à ses fils, au sein de l'Elysée,
    Présente incessamment ouverts :

C'est là que, pleins de la Déesse,
Les Martyrs de leur zèle, en un bois enchanté,
Sur des lits d'Emeraude, en proie à leur ivresse,
    Savourent l'Immortalité.

Que vois-je ! du sein de la nue
Deux nobles Déités, l'Égide dans les mains,
S'élancent aux accens de cette voix connue,
    Brisent les glaives inhumains ! . . . .

Telle, sous les murs de Pergame,
Minerve, dans la plaine, où volait le trépas,
A travers un orage et de traits et de flamme,
    D'Ulysse protégeait les pas.

Ta fureur enfin terrassée
Geryon ! a subi le premier châtiment.
Le cri vient d'expirer sur ta lèvre glacée
    En inutile sifflement.

A ses aîles développées
Tel se fie un Vautour qui plane sur les airs,
Il descend, quand soudain, aux roches escarpées,
    Sentinelle de ces déserts,

Se déroule un Dragon immense,
Formidable, enflammé de tous les feux de Mars;
Sur ses bruyans anneaux son courroux se balance;
    L'éclair jaillit de ses regards :

L'Oiseau de ses regards terribles
Semble atteint, il chancèle attiré vers son sort;
De l'orbe foudroyant des prunelles horribles
    Partent les flèches de la mort.

Traînant un vol pusillanime,
Aux enfers Geryon a plongé son courroux !
La Patrie et l'Honneur, relèvent la victime
    Qu'ils ont dérobée à ses coups.

« Sois enivré d'un nouveau zèle !
» Ministre d'un Héros, laisse un long souvenir !
» Vois briller, dit l'Honneur, d'une voix solemnelle,
    » Les jours pompeux de l'Avenir » !

« Napoléon et sa Fortune
» Au port guident l'Europe et ses vastes états.
» Et l'Asie, au flambeau d'une injure commune,
    » Voit marcher tous ses potentats » !

« Des nobles remparts de Byzance
» Mars viendra relever l'inexpugnable front !
» L'Anglais de sa menace expiera l'insolence
    » Par un irréparable affront » !

« L'Epouvante, en sa fuite agile,
» Entraîne humiliés ces fiers Tyrans des Eaux !
» De Sébastiani, comme d'un autre Achille,
    » L'aspect chasse au loin leurs vaisseaux » (9) ! . . .

Ta promesse n'est point frivole !
Qui t'implore est rempli de ta divinité
Honneur ! de tout Français ô magnanime Idole,
    Astre de l'intrépidité !

Soit que, sur les traces des Sages,
D'Isis, trop ignorée, il ait sondé les champs ;
Soit que, plein d'Apollon, au vaste écho des Ages,
   Il fasse répéter ses Chants ;

   Soit, qu'aussi rapide que l'Aigle,
Il devance le vol des foudres ennemis ;
Soit, qu'arbitre des mœurs, il en trace la règle,
   Ou veille aux autels de Thémis ;

   Semblable à la flamme immortelle
Que nourrit de Vesta le foyer vigilant,
Sans cesse de l'Honneur chez le Français fidèle
   Etincela le trait brûlant.

   O Déesse ! sa noble amante,
Généreuse Patrie ! au milieu des hasards
Tu le suis ! et, toujours invisible et présente,
   Tu le couvres de tes regards !

   Couple divin et magnanime,
Qui mieux que le Français marche à votre flambeau !
C'est par vous que Desaix, glorieuse victime,
   En Autel changea son tombeau !

   Vos rayons au sein du naufrage
Ramènent le jour pur de la sérénité ;
Pareils à ces Gemeaux qui, vainqueurs de l'orage,
   Brillent d'une sainte clarté.

   Inaccessibles à la crainte,
Voyez-vous s'élancer vos fières Légions !
Calliope attelait au char de Bérécynthe
   De moins intrépides lions.

   Arrête ! où vogue ton délire ?
Un si vaste sujet épouvante les vers.
O Muse ! ne va point sur un frêle navire
   Tenter l'immensité des Mers.

(16)

NOTES.

(*) La seconde édition dédiée à son Excellence le Grand Chancelier de la Légion d'Honneur, aujourd'hui Président du Sénat, a été publiée en Mai 1807. Vid. couronne poet. de Napoléon premier.

(1) *Siluit terra in conspectu ejus.* Ecrit. Liv. des Macchabées.

(2) *Hæc dixit Dominus Christo meo Cyro, cujus apprehendi dexteram, ut subjiciam ante faciem ejus gentes, et dorsa regum vertam, et aperiam coram eo januas. . . . . . Ego ante te ibo, et gloriosos terræ humiliabo : portas æreas conteram, et vectes ferreos confringam.* . . Isaïe. 45. 1. 2. 5.

(3) *Magnus ab integro Sæclorum nascitur ordo.* . . . . . . Virgile.

(4) *Talia sæcla suis dixerunt currite fusis*
    Concordes stabili fatorum fædere parcæ. . . . . . Virgile.

(5) Les Sauterelles d'Egypte.

(6) L'Angleterre.

(7) Faits historiques. La scène a eu lieu près de l'Euphrate. Tous les journaux ont publié les détails véritablement extraordinaires dont a failli être victime M. Jaubert, interprète de S. M. I. et R., pour les langues asiatiques, et chargé d'une dépêche adressée au Sophi de Perse.

Il suffira de rappeler au lecteur que M. Jaubert, Officier de la Légion d'Honneur, près de succomber sous la plus noire trahison, et les cimeterres étant déjà levés sur sa tête, dut son salut à son intrépidité, et dut son intrépidité à l'aspect de la devise tracée autour de l'aigle dont il portait le signe glorieux.

« Je puis l'attester, dit-il dans sa lettre, en cet instant suprême, je me sentis élevé au-dessus de l'humanité, je n'eus qu'à considérer ces mots *Honneur et Patrie* ; je me rappelai que l'Honneur régla toutes mes démarches, que la Patrie eut toutes mes affections ».

(8) Suite des détails historiques.

(9) Il faut répondre d'avance à ceux qui pourraient blâmer un Poëte lyrique, d'anticiper les tems ;

    Loin ces rimeurs craintifs dont l'esprit phlegmatique
    Garde dans ses fureurs un ordre didactique ;
    Qui, chantant d'un Héros les progrès éclatans,
    Maigres Historiens, suivront l'ordre des tems.

    . . . .
    Apollon de son feu leur fut toujours avare.

              BOILEAU, *sur l'Ode.*

L'Auteur a obéi à ce précepte du Poëte de la Raison.

A l'exemple d'Horace et de Pindare, en célébrant un fait particulier, le Poete lyrique a cru devoir s'élever à des considérations plus vastes. Les fleuves, les ruisseaux mêmes conduisent à l'Océan.

Après avoir étendu son sujet, il l'a animé par une fiction qui n'est employée que pour rendre la vérité plus sensible.

ODE.

ODE

SUR LA CONQUÊTE DE LA PRUSSE

OU LES MANES DE FRÉDÉRIC ET DE VOLTAIRE.

(*Mars* 1807).

Si Vaincre est d'un Héros, Pardonner est d'un Dieu (1).
FRÉDÉRIC.
Poëme sur l'Art de la Guerre. Chant 6e. , dernière page.

SOUS l'ombrage d'un Cèdre, orgueil de l'Elysée,
Et, de loin contemplant leur Palme entrelacée,
L'Homère de la France et l'Achille du Nord,
Emus encor du chant des neuf doctes Syrènes,
A l'altière Dispute (2) abandonnaient les rênes
    De leur jaloux transport.

FRÉDÉRIC.

« Chantez divin Poëte, un triomphe frivole,
» Ce Siècle des beaux-arts (3), dont la gloire s'envole ;
» Telle a lui l'Ephémère, aux rayons délicats.
» Mais s'il faut réparer de lâches destinées (4),
» Je verrai fuir alors de vos mains consternées,
    » La Palme des combats ».

VOLTAIRE.

--- « Henri ! Français ! ô vous dont je disais la Gloire
» Ah ! répondez pour moi, promettez la Victoire » !

FRÉDÉRIC.

--- « Leur mollesse abjura les durs travaux de Mars ».

3

VOLTAIRE.

——— « Ce sont leurs jeux » !

FRÉDÉRIC.

——— « Mon Art, est le fils du Génie.
» Un Compas à la main, la guerrière Uranie (5)
» Gouverne les hasards » !

VOLTAIRE.

——— « Que sous un digne Chef, le Peuple des abeilles (6)
» Se rallie, il sera prodigue de merveilles.
» L'Ame entraîne le corps. Notre Art est la Valeur.
» De ce Ressort Moral (7) la Puissance indomptable
» Est l'arme la plus sure et la plus redoutable
» Dans les champs de l'Honneur ».

Du Chantre de Henri tel éclatait l'Oracle.
Le Héros de la Sprée, impatient d'obstacle,
Déjà de l'ironie allait porter les coups :
L'Auréole, qui luit sur sa tête guerrière,
O prodige soudain ! s'éclipse. . . . . L'Ombre altière
S'est levée en courroux.

« Ah ma gloire est vaincue » ! il pâlit et s'élance ;
Le Poëte divin le suivait en silence :
Un météore ardent les emporte en son cours.
L'espace est sous leurs pieds ! . . . « Cruelles Destinées !
» Briserez-vous ma Palme, œuvre de sept années,
» En sept rapides jours » !

« Quel est ce Conquérant qui porte le Tonnerre ?
» Un seul de ses regards ébranle au loin la Terre !
» Le Trône se relève ou tombe sous ses pas !
» O désespoir ! mon Sceptre est en proye à l'Orage !
» Verrai-je s'engloutir dans ce vaste naufrage
» Ma Gloire et mes états ».

Il dit : et sur Postdam , le Souverain antique ,
Ombre vaine , déploye un glaive fantastique :
Son véritable glaive est aux mains du Héros (8) !
« Ah faut-il abdiquer aussi ma Renommée !
» Quel ascendant suprême à ma fureur charmée
    » Fait subir le repos » ?

« Ce Héros est un père ! . . . et sa Gloire nouvelle
» Vient encor me ravir la Palme la plus belle !
» Si vous aviez vaincu vous seriez moins heureux
» O Peuples ! épurez votre encens et vos fêtes,
» S'il porte jusqu'à vous sur l'aîle des conquêtes,
    » Des bienfaits généreux ».

Tu l'attestes Harfeld (9) ! la fureur indocile
Ose d'un camp sacré trahir le noble asyle,
Soudain , la loi de Mars, l'Honneur te condamna :
Tu pâlis ! va subir le trépas le plus juste ! . . .
Mais ton épouse tombe aux pieds d'un autre Auguste (10),
    Il pardonne à Cinna.

O Clémence ! qu'un Temple , aux rives de la Sprée
Conserve , en lettres d'or, cette Histoire sacrée !
Qu'il dise « Frédéric admira son Vainqueur ;
Voltaire s'écria, plein du Dieu qui l'inspire,
Tel est le vrai Héros ! on bénit son Empire ,
    Il règne sur le cœur ».

N O T E S.

(1) Ce beau vers est imité des vers encore plus beaux de Voltaire , lorsque dans la tragédie de Mahomet , Omar justifie son admiration.
   « Quand mes yeux éclairés du feu de son génie
   » Le virent s'élever dans sa course infinie,
   » Eloquent , intrépide , admirable en tout lieu ;
   » *Agir , parler , punir , ou pardonner en Dieu* ».
(2) Les démêlés de Voltaire et de Frédéric sont connus. Ils eurent la même source que les querelles de Richelieu et de Corneille. En jettant un regard d'aigle sur leur siecle , ces deux hommes supérieurs n'y rencontraient que leur puissance réciproque.

3 *

(3) Le siècle de Louis XIV.

(4) Avilissement de la Monarchie sous les trois derniers règnes.

(5) La tactique.

(6) Les Abeilles furent dès la plus haute antiquité le symbole de la nation Française.

(7) C'est le Moral qui fait la force des armées.

(8) L'épée de Frédéric, honorable trophée, orne aujourd'hui le temple de Mars à Paris.

(9) *Vid.* les Bulletins de la campagne de Prusse.

(10) L'Empereur fit jetter au feu par Mad. la Comtesse de Harfeld, elle-même, les papiers qui constataient la trahison.

O D E.

LES COURSES TRIOMPHALES

OU LA PRISE D'ULM.

(*Novembre* 1805).

> *Negatâ tentat iter viâ,*
> *Cœtusque vulgares et udam*
> *Spernit humum , fugiente pennâ.*
>
> HORACE.

LA RENOMMÉE.

« HÉROS sans pair, Guerrier inimitable !
Plein de ta gloire un Mois prodigieux
De deux mille ans et d'Histoire et de Fable
A fait pâlir l'éclat prestigieux :
Sinistre enfant de la sombre Angleterre,
Déjà courait, épouvantant la Terre,
Un Géant triple, aux huit cent mille bras :
Napoléon, tu devances ta foudre !
Ta main s'armait . . . quand le Colosse en poudre
S'évanouit au seul bruit de tes pas ».

O D E.

ORIGINE DU BUSTE (1) DE LÉ BRUN (2).

(Octobre 1806).

. . . . *Os*
Magna Sonaturum. . . . .
HORACE.

Le Trépied qui s'ébranle , et la docte Colline
Qu'agite un saint frémissement ,
Et les lauriers émus que le respect incline ,
Muses ! révèlent votre amant.

Connais le Calliope , à sa triple couronne !
Il chante , et Linus a pâli.
Pindare voit son nom , que la gloire environne ,
Du nom de Le Brun (3) ennobli.

Bientôt , avec Newton (4) , au sein de la nature
Il plonge , les cieux sont ouverts ;
Et sa Lyre inspirée au chantre d'Epicure
Annonce un nouvel Univers (5).

Poëte-amant il veut que la corde amollie
Soupire ses tendres douleurs (6) ;
Tibulle , à ces accens , rêve que pour Délie
Coulent et ses vers et ses pleurs.

Mais de quel trait aigu la malice homicide
Heureusement arme ses mots !
L'Épigramme lui dit : « tu seras mon Alcide ,
Va terrasser l'Hydre des sots (7) ».

Que vois-je ? l'Amour même à la troupe sacrée
    Souffle les funestes discords :
Chaque Muse est jalouse, et leur flamme épurée
    Prétend à d'uniques transports.

Phébus croit les calmer : « que sa vivante image,
    Muses ! s'élève parmi vous » !
Soudain pour achever cet immortel ouvrage
    Renaissent leurs débats jaloux.

Ils dureraient encor : sur la céleste cime
    Apparait l'auguste Pallas (8) ;
« C'est à moi, leur dit-elle, à la Raison sublime
    Qu'on doit Homère et Phidias ».

« L'Imagination, cette vive courrière,
    Dévance en son vol l'Aquilon :
Elle emporte le char ! je trace la carrière.
    Oui : je suis la sœur d'Apollon ».

« Venez Espercius : (9) à ma grâce immortelle
    Le Brun ajouta des attraits ;
Du Poëte à son tour par votre main fidelle
    Minerve éternise les traits ».

N O T E S.

(1) Ce buste, exécuté en marbre, fut exposé au salon en 1806, sous le n°. 594.

(2) L'inauguration eut lieu au bruit des applaudissemens d'une Société d'Artistes et d'Hommes de Lettres : l'Auteur prononça les vers suivans.

(3) La France et l'Europe ont décerné à M. Le Brun le nom de *Pindare Français.*

(4) Les fragmens d'un poëme sur la Nature, attestent que M. Le Brun sait allier la plus profonde philosophie à la plus haute poésie.

(5) Il oppose aux rêveries de Lucrèce les découvertes exactes d'une saine physique et les principes d'une morale épurée.

(6) Le public attend avec impatience quatre livres d'Elégies du même auteur.

(7) Nul, depuis Marot, depuis Racine et J.-B. Rousseau, n'a manié l'épigramme avec plus de force et de finesse.

(8) On a voulu indiquer par cette Fiction, que la Raison sublime fait encore plus les grands Poëtes que la vive Imagination.

(9) Sculpteur habile, le même qui a exécuté le buste de Raynal, et pour le Sénat la statue de Mirabeau.

ODE,

LES VŒUX,

ADRESSÉE A PINDARE LE BRUN.

(*Mai* 1807).

QUE de ta Lyre d'or les cordes prophétiques
Modulent de la Paix les augustes cantiques,
    Chers au Dieu de Claros !
O Pindare ! ta voix est celle de la Gloire !
Chante ! parons de fleurs le but qu'à sa victoire
    Marque un Sage héros.

Naguère importuné de sa gloire croissante
Trois fois le sombre Nord, ô fureur impuissante !
    Ligua tous ses affronts :
Et trois fois renversant leur menace insensée
Napoléon lança la foudre courroucée
    Sur l'orgueil de ces monts.

Ah ! si l'Aigle Thébain, d'un essor intrépide,
Dans le vaste Avenir, des Vainqueurs de l'Elide,
    A fait voler le char !
Et si, mêlant Auguste à la céleste Troupe,
Le Cygne de Tibur lui verse à pleine coupe,
    L'ivresse du Nectar !

Si d'un Roi chevalier, honorant la vaillance,
Malherbe consacra la Lyre de la France
  A ses faits immortels !
Nous, heureux des bienfaits que le Sage prépare,
Nous, grands par ses exploits, de l'encens le plus rare
  Parfumons ses Autels !

Que n'ai-je pu chanter ses Courses Triomphales,
Ses Palmes, chaque jour, d'elles-mêmes rivales,
  Et ses moissons d'Exploits !
Mais, toi seul peux le suivre, en tes Hymnes fidèles,
Quand de la Renommée il devance les ailes,
  Et lasse les cent voix.

Sombre Géant des Mers, ce Tyran de Neptune,
Dont la voile usurpa les flots et la fortune,
  Albion a tremblé !
La chûte du Colosse est promise à la Terre,
Et les Aigles du Nord sont frappés du tonnerre
  Qu'ils avaient appelé.

Ils ont dit cependant « que l'Ourse conjurée
Se lève, qu'à nos cris la rage hyberborée
  Déchaîne tous ses flots . . . . . » !
Ils courent, et déjà leur fragile espérance,
Dans un songe insolent, foule du pied la France
  Veuve de son Héros !

Comme au cri du Lion la Panthère hydeuse
S'épouvante, et soudain vers sa caverne affreuse
  Précipite ses pas :
Tel rejettant l'horreur sur leurs plages barbares,
Il verra fuir bientôt ce reste de Tartares
  Dévoués au trépas.

Xercès à déchaîné sa vaste frénésie,
Et d'un cours orageux, précipite l'Asie
  Vers les murs d'Apollon,
Mais calme et redressant une superbe tête,
La Grèce inébranlable, aux flots de la tempête
  Oppose Marathon.

         « C'est

« C'est assez : sur un char traîné par l'Epouvante
Un autre guiderait l'Ambition sanglante
    Les torches dans les mains !
Mais le Sage a plané sur sa propre Victoire,
Et le plus doux rayon de la plus pure Gloire
    Brille en ses yeux humains » !

« Honneur à ces Héros qui, dans leur sainte ivresse,
Ont dévoué le Fer, d'une main vengeresse,
    Aux Lois de leur Pays !
Il ont porté le poids des publiques allarmes,
Sanctifié la Guerre, et couvert de leurs Armes
    Nos Foyers agrandis ».

« Donnez des fleurs : parons ces Tombes magnanimes,
Cet asyle de Gloire, où des Ombres sublimes
    Dorment sous le Laurier !
Si le Guerrier s'immole au Dieu de la Patrie,
La Patrie, à son tour, avec idolâtrie,
    Consacre le Guerrier ».

« Delà ces marbres saints, chargés de longs hommages,
Dont la voix redira les vertus de nos âges
    A la Postérité !
Delà ces Arcs pompeux, arrondissant leurs voûtes,
Qui semblent au Héros ouvrir les vastes routes
    De l'Immortalité ».

Napoléon a dit : « qu'un intérêt fidèle
Resserre désormais la chaîne fraternelle
    Des paisibles Etats ».
Oui : des Glaives brisés rejettant la furie,
Les Humains connaîtront de la seule industrie
    Les innocens combats ».

« Abjurez, abjurez ces crimes mercenaires !
Cessez de vous haïr ! vous êtes tous des frères ! . .
    Vous ne vivez qu'un jour ! . . . . . .
O Paix, Vierge céleste, éteignant leur querelle,
A ces cœurs égarés, Généreuse Immortelle,
    Viens révéler l'Amour » !

C'est ainsi que debout sur d'immenses Trophées
La France confiait à la voix des Orphées
    Les vœux les plus touchans.
Elle invoqua la Paix. Tous les Dieux applaudissent,
Bellone soupira : ses coursiers, qui frémissent,
    S'arrêtent à ces Chants.

ODE.

DIALOGUE ENTRE LA PAIX ET UN CULTIVATEUR,

DANS UN TEMPLE ET PRÈS D'UN TOMBEAU.

(*Mai* 1807).

Pacis eras medius que belli.
HORACE.

LE CULTIVATEUR.

« QUEL est ce tombeau » ?

LA PAIX.

« Lis » ! --- « Moi ! j'ignore les lettres ».
--- « Pourquoi » ? --- « Je ne connais que les vallons champêtres ».
« Je les aime ». --- « Ton nom » ? --- « La Paix ». --- « Aimable Paix !
Douce fille du ciel » ! ... --- « Oui ». --- « Rivale d'attraits,
Quelle adorable Nymphe à tes côtés repose » ?
--- « La bonne Foi ». --- « Mes Dieux l'une et l'autre ! ... Je n'ose
Interroger ». --- « Poursuis ». --- « Sous le même tombeau
Qui vous peut enfermer » ? --- « Albion ! ... la perfide
Albion ! .... qui toujours d'une main homicide
Rallume des combats l'effroyable flambeau ».
-- « O douleur » ! .. -- « Prends courage ». -- « Et tu meurs » ! .. -- « Je me lève.
Un Héros me ranime » ! --- « Eh quel garant » ? --- « Son glaive » !

ODE.

LA PHILANTHROPIE

OU LE DÉVOUEMENT DE DUFAY.

Pièce qui a obtenu le premier prix, sur le sujet proposé par le Jury de Littérature Philanthropique établi à Calais.

(*Juillet* 1807).

Homo sum, humani nihil a me alienum puto.
TÉRENCE.

CALAIS, je te salue ! ô Fille de Neptune,
Asyle des plaisirs, guidés par la Fortune,
  Lorsqu'ils prennent l'essor ;
C'est à toi, qu'en passant, ce bienfaiteur du Monde,
Le Commerce, emporté sur une aîle féconde,
  Remet son sceptre d'or.

Il chasse de ton front la nuit de la tristesse,
Le couronne à la fois des fleurs de l'allégresse,
  Des rayons de Plutus !
Ah ! loin de tes remparts si Bellone l'exile,
Il te reste une gloire, innocente, tranquille,
  Et riche de Vertus !

Aux soupirs du malheur, au cri de l'indigence
Tes murs, soudains émus, ouvrent leur Bienfaisance
  Et l'Hospitalité :
Là, comme dans son Temple, une douce Immortelle,
Objet pur et sacré de ton culte fidèle,
  Brille l'Humanité.

4 *

C'est delà que, lançant d'irrésistibles flammes,
Au plus saint Héroïsme elle excite les ames
    Par sa touchante voix :
Et prodigue en vertus, dans sa magnificence
Elle répand au loin la féconde sémence
    Des généreux exploits.

O toi ! qu'ils ont vaincue, orgueilleuse Amphitrite
Sur les bords orageux tu vois leur gloire écrite,
    C'est un bienfait de Mars !
Napoléon l'ordonne (1), un marbre magnanime
S'élève, et six Héros, d'un dévouement sublime
    Instruisent nos regards.

« Ah cessons de puiser aux sources étrangères !
» Abreuvons les enfans des Vertus de leurs pères !
    » Théâtre sois Français !
» Descends antiquité de tes pompes hautaines !
» Et vous cédez, guerriers et de Rome et d'Athènes,
    » Au Maire de Calais (2) » !

Debelloy je t'entends, je dévance ta muse !
Je porterai plus loin, si l'orgueil ne m'abuse,
    Mon vol audacieux !
Et dussent me trahir les aîles de Pindare,
Sublime en ma défaite, illustre comme Icare,
    Je tomberai des Cieux !

Si le Chantre Thébain vit le fruit de ses veilles,
De la superbe Rhode (3) augmentant les merveilles,
    Y luire en lettres d'or,
Parés de la Lumière, objet de nos hommages,
Mes vers étincelez dans le Temple des Sages
    D'un feu plus vif encor !

Quel saint Enthousiasme a fait frémir mon ame !
Ma voix tonne, et mon luth semble exhaler la flamme
    En rapides accords !
Je sens, je reconnais l'influence céleste !
De la Divinité la faveur manifeste
    Allume mes transports !

Le voile, qui pesait sur ma faible paupière,
Se déchire, je nage en des flots de Lumière,
    Un Ciel plus pur me luit !
La terre sous mes pas s'éclipse et se dérobe,
Et déjà loin de moi je vois ramper le Globe
    Dans le sein de la Nuit !

Il est une Déesse (4), active et tutélaire,
Dont la douceur épanche un baume salutaire
    Sur des maux trop certains ;
Son sourire est la Paix ! . . et sur un trône assise,
La tendre Bienfaisance, à ses ordres soumise,
    Corrige les Destins.

Des Mondes elle seule entretient l'harmonie,
Son Ame universelle et son heureux Génie
    Tempère leurs écarts,
Enchaîne leur discorde, efface les orages ;
Et la sérénité qui chasse les nuages
    Brille dans ses regards.

C'est à ses mains qu'on doit la Cité fraternelle (5)
Ou Francklin, des Vertus l'oracle et le modèle,
    Dicta de sages lois.
Ah ! sous l'arbre de Penn, dont (6), l'ombre pacifique
Semble égayer les bords de la jeune Amérique,
    Accourez à sa voix,

O mortels insensés ! vos fureurs mercenaires
Ont foulé tout à coup, fléaux trop sanguinaires,
    Le Globe humilié !
Elle gémit, et court, dans quelques cœurs fidèles,
Rallumer en secret les vives étincelles
    De la douce pitié.

Si du mal le Génie (7) affreux, infatigable,
Immense, fait crouler sous son poids indomptable
    Le fragile Univers,
Elle en suspend la chûte ; et sa seule présence
Peut ranimer les fleurs de la tendre espérance
    Dans le sein des déserts.

Elle a vu d'Albion les voiles orageuses.
Apporter la ruine à des Cités heureuses,
    A des Peuples surpris :
Mais soudain la Tempête, en ces nefs enfermée,
Eclate, et dévorant la sacrilège armée,
    Disperse leurs débris.

Neptune épouvanté, les pâles Neréïdes
Contemplent, dans le fond de leurs tombeaux liquides
    Les Léopards sanglans ;
Des querelles des Rois déplorables victimes,
Quelques infortunés sur les vastes abymes
    Levent des bras tremblans.

Comme ils voudraient alors embrasser cette plage
Que naguère insultait leur délire sauvage
    Par les cris de la Mort.
Ils implorent la Vie, abjurent la victoire ! . . . .
Déjà gronde en leur sein la voix expiatoire
    D'un trop juste remord.

« Non ce n'est pas en vain que ma plage chérie
S'offre à vous, s'écria la Déesse attendrie,
    Soyés sauvez des flots » !
Elle dit : en ses yeux étincelle la flamme,
DUFAY l'a recueillie, elle passe en son ame,
    Il devient un Héros !

Il s'élance, et se fraye une intrépide voie :
Il triomphe, il enlève une vivante proie
    A l'abyme grondant ;
Il recueillait les pleurs de la reconnaissance :
Une autre infortuné l'appelle ! . . . . . . ô Bienfaisance !
    Il le voit, il l'entend,

Il s'est précipité ! le coursier qui le guide,
A conduit jusqu'au fond de ce gouffre liquide,
    Le nouveau Curtius.
Le gouffre se referme ! . . . un Génie exécrable,
Du Trident courroucé, jaloux, inexorable,
    Frappa les flots émus.

Dieu des maux, Arimane, ô puissance abhorrée,
Ce fut toi, dont les mains déchaînèrent Borée,
Par un horrible effort.
Périssez, disois-tu ! redoublant la tempête
En vague transformé, toi-même sur leur tête
As fait rouler la Mort.

Le coursier s'égara dans l'orageux Dédale,
Le Héros, la victime, en leur lutte inégale,
Tombent au fond des eaux ! . . .
Arimane a souri : la fille d'Oromaze
Sur un nuage ailé vole, foudroye, écrase
Son rival par ces mots.

« Va, plonge ton courroux aux antres du Tartare !
Qu'un coursier généreux, à ton ame barbare,
Enseigne les vertus ! »
Elle a dit : sécouant sa crinière propice
Le coursier dévoué ravit au précipice
Ces amis abattus.

Cédez à ce coursier, ô vous enfans d'Eole,
Vous, du char lumineux, qui sur vos pas s'envole,
Guides éblouissans (8) !
Et que puisse Palès d'une tendre verdure
Sans cesse alimenter sa crèche douce et pure,
Chère aux Dieux bienfaisans !

Et toi qu'avec respect l'Humanité contemple,
O Dufay ! demi-Dieu, qu'elle admet dans son temple,
Rends la chère à jamais !
Que l'Europe t'imite ! . . . O Nations trompées
Abjurez vos Discords, et brisez les épées
Sur l'autel de la Paix !

C'est ainsi qu'une Source et limpide et féconde,
Des prés, que rafraîchit le bienfait de son onde
Fait vivre les couleurs,
Tandis, que des Torrens les urnes orageuses
Se débordent, et vont sous leurs vagues fangeuses
Ensevelir les fleurs.

N O T E S.

(1) Ces hommes, qui ont mérité le nom *des six Héros*, sauvèrent plus de soixante naufragés.

L'Empereur, aux regards duquel, rien de ce qui est généreux, ne peut échapper, ordonna qu'on leur éléverait sur le port un Monument en marbre.

(2) Qui ne connait le dévouement d'Eustache de St.-Pierre et de ses compagnons ? la tragédie qui le retrace est la meilleure pièce de Debelloy.

(3) Pindare avait fa't l'éloge de Rhodes; et cette cité reconnaissante ordonna que les vers du Poëte seraient gravés en lettres d'or dans le temple de Minerve. C'est la septième Olympique.

(4) La Philanthropie, fille d'Oromaze, le bon principe.

(5) Philadelphie.

(6) Le fondateur de la Religion des Quakers, et que Montesquieu a salué du nom de moderne Lycurgue.

(7) Arimane, le mauvais principe. Rival d'Oromaze.

(8) Les coursiers du Soleil.

FIN DU PREMIER LIVRE.

AVIS DE L'ÉDITEUR.

Nous publierons d'ici à quelques mois, le second, le troisième et le quatrième livre des Odes de M. CHAUSSARD.

www.ingramcontent.com/pod-product-compliance
Lightning Source LLC
Chambersburg PA
CBHW060858180626
46818CB00004B/1767